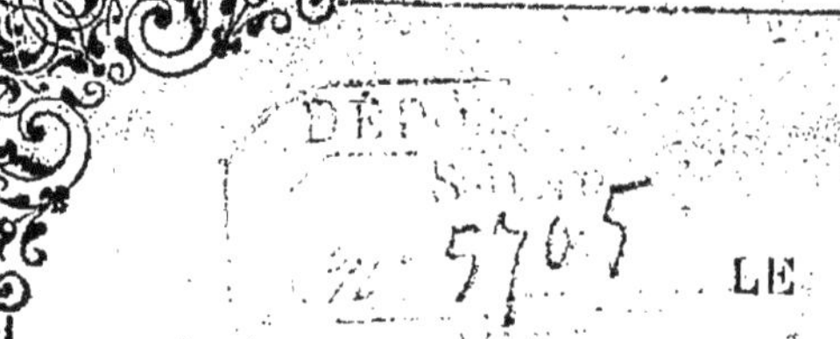

LE BARON LARREY

PAR

LE GÉNÉRAL BARON JOACHIM AMBERT.

PARIS
IMPRIMERIE COSSE ET J. DUMAINE,
Rue Christine, 2.

1863

LE

BARON LARREY

Paris. — Imprimerie de Cosse et J. Dumaine, rue Christine, 2.

LE BARON LARREY

PAR

LE GÉNÉRAL BARON JOACHIM AMBERT.

PARIS
IMPRIMERIE COSSE ET J. DUMAINE,
Rue Christine, 2.

1863

LE

BARON LARREY.

I

Ceux qui ne veulent voir dans les armées permanentes que ruine et destruction doivent être saisis d'admiration et de respect en découvrant au milieu de ces armées qui donnent la mort des hommes qui ont pour mission de conserver la vie. Dans cet espace étroit nommé champ de bataille, des soldats venus de pays lointains, inconnus les uns aux autres, sans haines personnelles, s'entre-tuent pour obéir à certaines lois humaines créées par les civilisations, et qui sont le droit des gens et le droit de la guerre. Ces combattants sont les représentants d'intérêts nationaux pour lesquels ils meurent. Cependant, l'humanité, la famille, la religion conservent leurs droits, supérieurs aux intérêts. La blessure faite par le soldat est pansée par le chirurgien, qui, impassible au milieu des colères, est là, comme le génie de l'humanité, pour que le mal soit le moindre possible devant Dieu et devant les hommes.

Il n'est pas ici-bas de plus noble tâche. Ceux qui la remplissent payent souvent de la vie leur modeste gloire, qu'ignore un monde avide surtout de triomphes éclatants. On pourrait dire du chirurgien militaire en campagne ce que le général Foy disait des capitaines d'infanterie du premier Empire : « Etrangers aux jouissances d'amour-propre de l'officier général, exempts de l'ivresse du soldat, ces martyrs du devoir se consumaient dans la résignation. » Napoléon Ier comprenait toute l'importance de la chirurgie militaire. Il honora d'une confiance sans bornes l'homme en qui cette profession se personnifiait, le savant et dévoué Larrey ; il lui décerna un titre nobiliaire. Il fit plus, sur le rocher de Sainte-Hélène, il plaça le nom de Larrey dans son testament, avec ces mots, qui valent plus que tous les titres et dépassent tous les éloges : « C'est l'homme le plus vertueux que j'aie connu. »

Le nom de Larrey est inscrit sur l'arc de triomphe de l'Étoile, au milieu des noms des capitaines qui, sous la République, sauvèrent la France, qui, sous l'Empire, la firent si grande et si puissante. Napoléon voulait encore plus pour son chirurgien en chef lorsqu'il disait : « Quel homme ! quel brave et digne homme que Larrey ! que de soins donnés par lui à l'armée en Egypte, dans la traversée du désert, soit après Saint-Jean d'Acre, soit en Europe ! J'ai conçu pour lui une estime qui ne s'est jamais démentie. Si l'armée élève une colonne à la reconnaissance, elle doit l'ériger à Larrey. »

Le baron Larrey est l'expression la plus haute et la plus complète de la chirurgie d'armée ; il en résume tous les devoirs, toutes les vertus. Si la science, le dévouement, l'abnégation, les sentiments les plus austères sont indispensables à celui qui pratique l'art de guérir au milieu du calme des cités, il faut au chirurgien militaire d'autres vertus encore, plus viriles parce qu'elles s'exercent dans la sphère de la discipline militaire ; ces vertus, particulières au médecin d'armée, sont le courage guerrier, la force morale, un jugement tellement soudain qu'il a le caractère de l'inspiration : d'une hésitation dépend la mort ou la vie ; son esprit, fécond en ressources, doit faire face à tous les événements ; son corps, plus infatigable que celui du soldat, doit résister à tout ; la fermeté de son âme doit s'allier à la bonté du cœur. Nous ne parlons pas d'une activité, d'un dévouement sans lesquels sa mission serait impossible ; il n'a pas un malade, il en a des centaines, envahis souvent par des fléaux dont les noms seuls portent l'effroi dans les populations. Le médecin militaire vit au milieu d'eux, s'immolant au salut des malades. Lorsqu'il échappe à ce foyer pestilentiel, le corps et l'âme endoloris, sa place est marquée au champ de bataille. Là, sur une terre labourée par le canon, humide de sang, au milieu des balles égarées, assourdi par le tumulte du combat mêlé aux cris de la souffrance, l'officier de santé devra se souvenir des paisibles enseignements de l'art. Son œil sera sans trouble et sa main restera ferme. Il y a loin de cette dévorante pratique des champs de bataille au patient exercice de l'art dans les villes : ici, le mal est venu par les sentiers connus ; là, on a été chercher la blessure qui arrive par des voies souvent ignorées, sous des formes bizarres, avec mille aspects étranges et nouveaux. Le médecin civil applique l'art, et sa pensée, que protége le silence, se meut dans un cercle déterminé ; l'art ne suffirait pas au chirurgien militaire, les leçons de l'école, les enseignements des maîtres n'ont pu prévoir les phénomènes mystérieux du projectile.

L'officier de santé doit donc deviner, inventer, créer. C'est au bruit du canon qu'il se livre à des calculs, à des combinaisons dont le résultat immédiat est la mort ou la vie. Il compte avec les climats, les saisons, la marche des armées, leurs ressources, le moral des troupes, leur état physique, et il compte encore avec le commandement et avec l'administration militaire.

Larrey était un chirurgien d'armée complet : il fut le premier de sa race. Jusqu'à lui, on avait ignoré la grandeur et l'importance de la chirurgie aux armées. Non-seulement il organisa le service, l'éleva à la hauteur où Napoléon élevait l'édifice de sa puissance militaire, mais il fit plus encore, et c'est là surtout que sa personnalité apparaît brillante et pure : il a l'intrépidité du capitaine le plus brave, la sévère probité du plus intègre administrateur, l'ardeur, l'activité du simple soldat, l'humanité d'un père, le courage du magistrat ; il est savant, il aime son art avec passion ; son esprit observateur ne laisse échapper aucun phénomène sans en tenir compte. D'ailleurs, d'une bonté, d'une simplicité qui le font chérir de tous, et en même temps d'une vertu qui commande le respect universel. L'ambition lui est étrangère, il dédaigne la fortune et vit au milieu de la Grande Armée comme un homme à part, une sorte de providence qu'invoquent tour à tour les amis et les ennemis, les maréchaux de France et les simples soldats. Sa mission, sa magistrature, l'ont placé à la hauteur des chefs suprêmes dont il est le camarade. C'est que lui aussi est général en chef; il a son armée qu'il commande et fait manœuvrer. A la vue de l'ennemi, Larrey prend ses dispositions; son avant-garde pénètre au loin pour enlever les blessés, sa ligne d'ambulances est au corps de bataille, ses réserves attendent; il a même ses voitures légères qui rivalisent de vitesse avec l'artillerie à cheval et les hussards. Cette armée qui conserve est faite à l'image de l'armée qui détruit; ses ambulances se portent en avant, changent de front, battent en retraite, comme l'armée qu'elles protégent. Tantôt, traversant au galop de son cheval les lignes ou les colonnes, Larrey donne ses ordres aux chirurgiens qui le suivent. Il place une ambulance, en déplace une autre, d'après les positions nouvelles prises par les corps qui combattent; il mesure du regard le développement de la bataille, considère tour à tour l'artillerie, les accidents de terrain, la profondeur des colonnes et prévoit ce qu'il y aura le soir de blessés et de mourants.

Dans sa course à travers la bataille, il opère les

plus dangereusement atteints sans tenir compte des grades ou des nationalités : il a pour tous des mots d'encouragement, et il est assez maître de lui pour conserver, même sous la mitraille, ces formes douces et bienveillantes, cette charité de bonnes paroles, dont la science, même aux villes, n'a pas toujours compris la sainteté. Jamais Larrey n'oublie de sillonner le terrain que l'ennemi vient d'abandonner, de recueillir les blessés comme des frères, d'étancher de ses propres mains le sang de leurs plaies, et de leur prouver que si la France est grande par le courage, elle est aussi grande par l'humanité.

II

Né en 1766, au pied des Hautes-Pyrénées, dans la vallée de Campan, au village de Baudéan, Jean-Dominique Larrey appartenait à ces classes moyennes si riches alors en intelligence et en vigoureuse énergie. L'un de ses oncles, Alexis Larrey, chirurgien-major à Toulouse, présida à ses études. Après s'être distingué au collége de l'Esquille dans les lettres anciennes et la philosophie, l'étudiant vint se placer sous la direction même de son oncle, savant professeur du grand hôpital.

Larrey quitta Toulouse en 1787 et se rendit à Paris. Là, il concourut pour le grade de chirurgien de la marine. Après avoir réussi dans ses épreuves, il alla s'embarquer à Brest. Deux nouveaux examens l'élevèrent avant l'âge de vingt et un ans, malgré la règle et l'usage, au grade de chirurgien-major des vaisseaux du roi. Embarqué sur la frégate *la Vigilante*, le jeune chirurgien fit sa première campagne à l'île de Terre-Neuve. Son journal de voyage, qui existe encore, prouve que Larrey ne s'occupait pas seulement de médecine ; il observait avec une curiosité scientifique le climat et l'histoire naturelle de ces régions lointaines. Le chirurgien-major de la marine, quoique à ses débuts, avait si habilement organisé le service de santé, qu'à son retour à Paris, en octobre 1788, il put déposer au ministère de la marine les témoignages écrits les plus flatteurs de l'intendant général et du conseil de santé de Brest.

Les événements politiques de 1789 donnèrent lieu à des conflits entre les troupes et le peuple. Une ambulance fut formée sous la direction du chirurgien Desault, et Larrey y eut un service médical. Il poursuivait en même temps ses études pratiques à l'Hôtel-Dieu et à l'hôtel royal des Invalides. Trois années s'écoulèrent ainsi.

La guerre vint arracher Larrey à sa studieuse solitude. On déclarait la patrie en danger ; il partit pour l'armée du Rhin avec les enfants de Paris. Le ministre de la guerre lui envoya le brevet d'aide-major ; il servit successivement sous Luckner, Kellermann, Biron et Custine. Esprit essentiellement observateur, le jeune aide-major fut frappé des inconvénients de l'organisation des ambulances. Les règlements d'alors plaçaient ces ambulances à une lieue de l'armée ; entre elles et les combattants se glissaient peu à peu les équipages et gens de suite. Tout blessé restait sur le terrain jusqu'au terme de la bataille. Réunis alors, ces blessés étaient transportés par des moyens divers aux ambulances, traversant, non sans peine, les voitures en désordre. Ces malheureux blessés erraient à l'aventure, ballottés, égarés, souvent maltraités par des mercenaires non constitués en corps militaire ; en cas d'échec, les blessés se voyaient abandonnés. Dans le cas le plus favorable, ils n'étaient remis aux mains des chirurgiens que le lendemain du jour où la blessure avait été reçue : la mortalité était effrayante. Emu de ce douloureux spectacle si contraire aux lois de l'humanité, aux intérêts de la discipline et aux succès des armées, Larrey s'efforça d'y porter remède.

Percy avait inventé le *wurtz*, sorte de petit caisson étroit et allongé renfermant les objets nécessaires aux opérations, et s'arrondissant par en haut sur toute sa longueur pour former, comme l'indique le nom allemand, une espèce de boudin sur lequel les chirurgiens se mettaient à cheval, descendant et montant avec promptitude. Chaque wurtz, attelé de six chevaux, était monté par huit chirurgiens et huit servants, dont quatre s'asseyaient sur les coffres de devant et de derrière, et les quatre autres se tenaient sur les chevaux. Le wurtz et les coffres contenaient des secours pour douze cents blessés. Sous le chevalet se trouvaient des brancards pour aller relever sur le champ de bataille ceux qui ne pouvaient marcher ; manœuvrant aussi vite que l'artillerie, ces voitures portaient les secours sur les lignes de bataille, au milieu du feu.

Ce n'est pas le lieu de discuter les avantages et les inconvénients du wurtz de Percy, qui était un progrès sérieux. Larrey prit les choses de plus haut et créa une organisation complète. Le système d'ambulance de Larrey est basé sur des principes qui en faisaient un service d'ensemble sous la direction du chirurgien en chef de l'armée. Cette grande ambulance se composait de plusieurs divisions; chaque division formait un service séparé parfaitement semblable à celui d'une autre division, de sorte que la composition d'une division représentait tout le système, qu'on pouvait ainsi multiplier suivant les besoins du service. Le nombre des divisions fut d'abord porté à trois; chacune d'elles était susceptible d'être subdivisée pour former des fractions de services. Quinze chirurgiens de différents grades, sous les ordres d'un chef, composaient la subdivision. Le service administratif de chaque division se subdivisait lui-même en deux sections : la première comprenait un économe, plusieurs employés ou agents d'administration, douze soldats infirmiers à cheval, vingt-cinq soldats infirmiers à pied et un tambour. La seconde partie administrative, nommée les *transports*, se composait de douze voitures légères et de quatre voitures pesantes, avec chefs et conducteurs, un maréchal ferrant et un trompette ; la division avait un personnel de cent treize hommes.

Les divisions réunies formaient la *légion d'ambulance volante.* Ces voitures ne se portaient pas sans cesse, comme le wurtz de Percy, sous les projectiles; elles parcouraient rapidement le terrain le plus rapproché des lignes de bataille. Les soins étaient aussi prompts que possible, sans nuire aux mouvements des combattants, sans attirer l'attention de l'ennemi. Cependant, les voitures légères, attelées d'un seul cheval ou de deux dans les mauvais terrains, pénétraient partout, recueillaient les blessés et les transportaient promptement aux fourgons d'ambulance, qui, partant au galop, se dirigeaient vers l'ambulance générale ou l'hôpital, établis hors du cercle des opérations tactiques. Nous n'avons pas besoin d'ajouter que les plus graves blessures étaient pansées sur le terrain même, et les opérations les plus urgentes pratiquées sous le feu.

Ce n'était pas seulement un système chirurgical qu'avait imaginé Larrey, c'était une véritable organisation militaire, qui se pliait aux combinaisons stratégiques aussi bien qu'aux exigences administratives. Il avait combiné le service de santé de façon à le mettre en rapport avec l'admirable ordre divisionnaire de nos armées d'alors. La division se réunissait-elle à d'autres divisions pour former le corps d'armée, Larrey multipliait ses unités, sans modifier la composition de chacune d'elles. Quelques heures suffisaient ainsi pour assurer cette importante branche du service. Au contraire, la division se subdivisait-elle en brigades ou demi-brigades pour des opérations secondaires,

Larrey subdivisait aussi son unité, et chaque fraction d'armée avait, à l'instant même, son personnel et son matériel pour le service de santé. Tel est, en résumé, le système du chirurgien Larrey, système mal compris, tour à tour adopté, modifié, faussé par l'ignorance, et qui a eu le sort du bel ordre divisionnaire, admiré d'abord, et plus tard mis en oubli.

Dès que la création de Larrey eut subi les épreuves de la guerre, nos ennemis se hâtèrent de l'imiter. Toutes les armées voulurent participer à ce bienfait, qui diminuait la mortalité de plus de moitié. Mandé à Paris par le gouvernement, le chirurgien Larrey fut chargé d'organiser les ambulances pour nos quatorze armées. A peine se mettait-il à l'œuvre, qu'un corps de troupes considérable se réunit dans le Midi pour aller enlever aux Anglais l'île de Corse. Nommé chirurgien en chef de cette expédition, Larrey dut partir à l'instant. Mais les troupes, bloquées dans le port de Nice, ne purent prendre la mer. Pendant son séjour à Paris, Dominique Larrey avait épousé l'une des filles de M. Laville-Leroux, ministre des finances sous Louis XVI.

L'armée des Pyrénées-Orientales, dont l'état sanitaire laissait à désirer, réclama Larrey, qui se

rendit en Catalogne dans l'automne de 1794. Des combats, des siéges, des assauts, des bivouacs sans ressources, des marches forcées, les rigueurs de l'hiver, éprouvèrent cruellement la santé du chirurgien. Cependant, il resta dans les rangs de l'armée d'Espagne jusqu'à la signature de la paix.

En arrivant à Paris, il trouva l'ordre de se rendre à Toulon pour y professer un cours de chirurgie et de médecine que suivaient les officiers de santé de l'armée de terre et de la flotte ; mais il ne tarda pas à être rappelé à Paris. Le gouvernement venait de créer l'école de médecine du Val-de-Grâce. Larrey y occupa une chaire. Ses leçons furent bientôt interrompues par une importante mission à l'armée d'Italie, où le général Bonaparte demandait les ambulances volantes. Larrey les y organisa. Il s'occupait d'installer une école de chirurgie à Milan, lorsque le général Bernadotte l'appela au sein de ses troupes pour combattre une épidémie qui ravageait le Frioul. Le général Bonaparte y vint de son côté, et, après avoir vu manœuvrer la division d'ambulance volante attachée à ce corps d'armée de Bernadotte, il adressa, devant son état-major, ces paroles à Larrey : « Votre ouvrage est une des plus heureuses conceptions de notre siècle. »

Larrey, à son retour d'Italie, reprit ses leçons d'anatomie au Val-de-Grâce ; ce fut pour peu de temps. Vers la fin de 1797, le gouvernement le nomma chirurgien en chef d'une expédition qui se préparait à Toulon. Le général Bonaparte en était le chef. Le 19 mai 1798, la flotte s'éloigna des côtes de France. La campagne d'Egypte commençait.

Les trois divisions d'ambulance firent merveille à la première bataille devant Alexandrie. Le général Figuières fut, après Aboukir, amputé du bras droit par Larrey, en présence du général Bonaparte. Figuières offrit au général en chef un magnifique damas, en disant : « Désormais, je ne pourrai m'en servir. — Je l'accepte, dit Bonaparte, et je le donne à celui qui vous sauve la vie, à Larrey. » Cette arme, précieuse à tant de titres, ne quitta plus le chirurgien militaire pendant les guerres de l'Empire ; sur la lame se lisaient deux noms : *Aboukir. Larrey.* Hélas ! cette arme devait tomber sur le champ de bataille de Waterloo !

Rappeler la vie de Larrey pendant la campagne d'Egypte, ce serait faire un récit presque complet de l'expédition. A Damanhour, le général Bonaparte reçut à la jambe droite un violent coup de pied de cheval dont les suites amenèrent de graves accidents. Larrey parvint à arrêter le mal. A quelques jours de là, le chirurgien en chef soignait les deux cent soixante blessés de la bataille des Pyramides. Le 25 juillet 1798, il entra au Caire et y forma des hôpitaux. Il contribua aussi à y créer une école de médecine et de chirurgie pour les officiers de santé de l'armée. Beaucoup d'hommes perdaient la vue en trois ou quatre jours; c'était l'ophthalmie d'Egypte qui menaçait de faire d'affreux ravages dans l'armée. Larrey observa le mal et adressa un mémoire à l'Institut du Caire pour tracer les préceptes d'une excellente thérapeutique, et les moyens préservatifs de cette inflammation des yeux. A la révolte du Caire, le 21 octobre 1798, le fanatisme musulman s'attaqua principalement à l'hôpital militaire, qu'un faible poste protégeait. Les chirurgiens défendirent leurs malades les armes à la main. Larrey vit tomber morts à ses côtés deux de ses officiers de santé, Roussel et Mongin; les malades furent sauvés.

Le 22 décembre, il accompagna le général Bonaparte à Suez. Le froid était si intense, que la petite caravane, privée de bois, dut brûler des ossements pendant les trois mortelles nuits de l'excursion. On traversa la mer Rouge au moment du reflux. A côté de Bonaparte, Larrey suivit la rive orientale de cette mer. Ils s'arrêtèrent devant des sources que leurs guides leur indiquaient de la main. C'était là que Moïse, poursuivi par Pharaon, avait traversé la mer avec les Hébreux. Chacun gardait un religieux silence ; le général Bonaparte dit : « Les Hébreux connurent le vrai Dieu mille ans avant les autres hommes. »

L'expédition de Syrie se préparait. Larrey comprit que ses voitures d'ambulances seraient insuffisantes. Il fit alors construire cent paniers allongés et ouverts, sortes de lits qui contenaient chacun son malade couché. Ce sont là les cacolets que notre armée d'Afrique emprunta aux souvenirs de l'armée d'Égypte, que les Espagnols, dans leur expédition du Maroc, empruntèrent à l'Algérie, et qui désormais figureront dans toutes les armées de l'Europe.

Avant d'arriver en Palestine, et pendant le mois de février 1799, Larrey ne vécut qu'au milieu des blessés et des mourants. A Jaffa, il établit un hôpital et poursuivit sa marche vers Saint-Jean-d'Acre. Pendant le siége, il eut à soigner les blessures de Duroc, d'Eugène de Beauharnais, de Lannes et d'Arrighi. Lorsqu'il fallut évacuer sur l'Égypte dix mille blessés, les moyens de transport se trouvèrent insuffisants pour traverser un désert de soixante lieues. Huit cents hommes, qui n'avaient pu s'embarquer à Jaffa, restaient aux ambulances couverts de graves blessures. Le général Bonaparte donna l'ordre que tous les chevaux de l'état-major fussent mis à la disposition du convoi des malades ; lui-même, le général en chef, sacrifiant ses chevaux, se mit en marche à pied à la tête d'un bataillon, appuyé sur une branche de palmier.

Qui n'a lu les récits lamentables de la peste de Jaffa ; qui ne s'est arrêté profondément ému devant le tableau de tant de misères ! Larrey vivait au milieu de ces pestiférés, combattant sans relâche le fléau qu'il savait contagieux. Au début, huit hommes sur dix mouraient en quelques heures. A force de soins et de science, la chirurgie militaire sauva les deux tiers des malades. Il est juste de placer ici le nom de Desgenettes, médecin en chef de l'armée d'Orient, à côté de celui de Larrey : le même courage et le même dévouement les distinguèrent.

Après la bataille d'Héliopolis et la reprise du Caire, Larrey professa à l'hôpital de la ferme d'Ibrahim-Bey un cours spécial sur les maladies qui régnaient dans l'armée et sur les blessures produites par les projectiles d'armes à feu. Sa réputation s'étendit au loin sur la terre d'Égypte, si bien que les indigènes venaient en foule consulter notre chirurgien, dont les cures miraculeuses ont pris, au dire des voyageurs, une teinte légendaire.

Les Anglais vinrent nous attaquer et prirent position dans un camp retranché qu'avaient creusé les mains des légions de César. A la première bataille, Larrey eut près de deux mille hommes à secourir ; la journée entière s'était passée à faire des amputations sur le terrain, tout retard devant amener une mort presque certaine. Parmi ces amputés se trouvait le général Silly, dont la jambe droite venait d'être broyée par un boulet. Larrey lui-même opérait le général lorsque la cavalerie anglaise arriva à la charge. Le chirurgien en chef eût pu se soustraire au danger, mais il veut remplir son devoir. Laissons-le parler :

« Je n'eus que le temps de charger le blessé sur mes épaules et de l'emporter rapidement vers notre armée, dont la retraite était commencée. Une série de trous, ou fosses de *câpriers*, à travers lesquels je passai, me sauva ; la cavalerie ne put suivre ce chemin entrecoupé, et j'eus le bonheur de rejoindre l'arrière-garde de notre armée avant ce corps de dragons. Enfin, j'arrivai avec cet honorable blessé sur mes épaules à Alexandrie, où j'achevai sa guérison (1). »

Lorsque fut signée la capitulation du 31 août 1801 entre le général Menou et les Anglais, Larrey embarqua pour la France mille trois cent trente-huit blessés ; tous revinrent à la santé, à l'exception de huit.

Nous avons donné à cette partie de l'existence de Larrey assez de développement, afin de faire connaître tout d'abord quelle était la vie du chirurgien militaire aux armées. Ce qu'il avait fait en Egypte, il le fit pendant toutes les guerres de l'Empire, toujours avec le même zèle, la même activité, le même dévouement. Les méthodes se modifiaient suivant les circonstances, mais les services grandissaient avec les difficultés. L'on ne saurait dire combien de mouvements stratégiques devinrent possibles par le concours du service de santé, combien de milliers d'hommes voués à une mort certaine furent sauvés par la chirurgie militaire. Notre récit des campagnes de Larrey prendra donc de plus vives allures, puisque l'on sait que toujours

---

(1) *Mémoires de Chirurgie militaire et Campagnes*, par le baron Larrey. 4 vol. 1812-1818.

la science du chirurgien et son humanité furent à la hauteur de la bravoure du soldat et de l'habileté du général.

En arrivant à Paris, Larrey fut mandé auprès du premier Consul, qui le reçut en ami et lui annonça qu'il était chirurgien en chef de la garde consulaire. Il se remit à ses travaux, écrivit un long ouvrage sur l'Egypte, et professa le cours qui lui était confié. La loi du 10 mars 1803 imposait à ceux qui voulaient exercer la chirurgie l'obligation de la thèse. Larrey soutint la sienne devant l'illustre Sabatier, dont la vieillesse était consolée par les successeurs qu'il voyait apparaître. Après cette mémorable thèse du chirurgien en chef de la garde, le public, les élèves, les juges eux-mêmes ne purent dominer leur émotion ; les applaudissements retentirent de toutes parts, et l'amphithéâtre fut témoin ce jour-là d'une scène touchante, véritable fête de famille, comme il s'en était vu une, après l'examen que subit Drouot au début de sa carrière d'artilleur.

L'ordre de la Légion d'honneur fut institué pour récompenser tous les mérites, tous les services, tous les courages. Larrey en reçut les insignes de la main de Napoléon à la première distribution, et le chef de l'État dit en les lui remettant : « C'est une récompense bien méritée. » Peu de temps après, le docteur Larrey fut nommé inspecteur général du service de santé des armées.

III

Qu'avait été jusqu'alors ce service ?

Si André Vésale accompagnait Charles-Quint dans ses campagnes, si Ambroise Paré était chirurgien de M. de Vendôme, et faisait même partie de la maison du roi, ils n'étaient cependant ni l'un ni l'autre chirurgiens des armées, et leurs fonctions ne consistaient point à soigner les soldats malades ou blessés. Jusqu'au règne de Louis XIII, le service de santé militaire n'existait pas. On lit bien dans les mémoires de Sully : « J'étendis mon attention jusque sur le simple soldat, en établissant dans le camp un hôpital si bien et si commodément servi, que plusieurs personnes de qualité s'y retirèrent pour se faire guérir de leurs maladies ou de leurs blessures. » Il ne faut pas confondre la création provisoire d'un hôpital avec l'institution ou l'organisation du service de santé. Ce service commença sous Louis XIII, mais très-imparfaitement. Louis XIV eut des hôpitaux, et même sous son règne quelques généraux eurent la pensée des ambulances. Cette pensée ne pouvait être réalisée que par l'État, et, pour la réaliser, l'État devait créer avant tout cet homme de bien, cet homme de science, qu'on nomme le chirurgien militaire. Le service de santé ne prit réellement naissance qu'en 1731 par la fondation de l'Académie royale de chirurgie.

On a beaucoup écrit pour prouver que la chirurgie était constituée dans les armées depuis les temps antiques. Les érudits l'ont fait remonter aux Grecs et aux Romains. Sans doute, l'art de guérir est vieux comme le monde, mais le service spécial de la chirurgie militaire est très-moderne. Cela est si vrai que, lorsque Ambroise Paré, chirurgien du roi, se rendit au siége de Metz, auprès du duc de Guise, au milieu du XVIe siècle, dans cette place militaire d'une si haute importance politique, il n'y avait dans la ville ni hôpital ni chirurgien ; les gens de guerre ne s'en montraient pas soucieux, d'après le témoignage de La Noue, qui écrit rudement : « Le lit d'honneur des blessés est un bon fossé où une arquebusade les aura jetés (1). »

La première législation sur les secours à donner

(1) *Discours politiques et militaires.* 1588.

aux gens de guerre invalides remonte au mois de février 1585. Henri III établit dans les abbayes et prieurés les officiers estropiés. En 1606, Sully fait rendre un édit pour instituer une « maison de la charité chrétienne pour les pauvres gentilshommes, capitaines et soldats estropiés, vieux et caducs. » En 1611 et 1629, de nouvelles ordonnances royales expriment combien le sort des gens de guerre mutilés inspire d'intérêt à la monarchie. Mais toutes ces ordonnances, nombreuses surtout au XVIIe siècle, ont un caractère remarquable qui nous blesserait aujourd'hui : ce n'est pas une récompense conquise par le service, mais une charité aux pauvres gens atteints de caducité.

Des soins donnés sur le terrain même de la bataille, il n'en est nullement question, pas plus que du chirurgien. On lit bien, dans quelques récits de guerre, que des fraters, des moines, des empiriques, des aventuriers suivaient les armées volontairement ; mais il est plus souvent question de leur pendaison que des guérisons qu'ils devaient opérer.

En résumé, nous voyons dans un manuscrit, annoté de la main même de Letellier, que le premier hôpital ambulant fut établi par Sully, et le premier hôpital sédentaire par Richelieu. Vauban fit beaucoup aussi, en construisant dans les places fortes des salles destinées aux malades. Nous ne voulons pas dire qu'avant Sully, Richelieu et Vauban, l'art de guérir, dans son application aux blessures de guerre, eût été mis en oubli ; nous ne voulons pas révoquer en doute les services d'Ambroise Paré ; mais l'étude attentive de la question nous a démontré que la Révolution française devait avoir la gloire de la constitution du service de santé. L'ancienne monarchie est trop riche de ses propres grandeurs pour envier à notre époque l'institution de la chirurgie militaire.

Les historiens ont pu s'y tromper. En effet, quelques médecins ont, à diverses époques, obtenu des rois de France le titre de chirurgien d'armée. Sous François Ier, Théoric de Héry est désigné par le titre de chirurgien-major de l'armée, lorsqu'il a mission d'y aller étudier le typhus. Ambroise Paré est souvent honoré par les écrivains du titre de chirurgien en chef des armées de Henri II, Charles IX et Henri III, parce qu'il était attaché aux maisons de ces princes et qu'il les suivait aux guerres. Pigray, l'élève d'Ambroise Paré, passe pour avoir été le chirurgien militaire des troupes de Henri III et de Henri IV; on nomme même les chirurgiens-majors des armées de Louis XIII et de Louis XIV. Le premier était Bithereau Mathieu, le second Pierre Tourbier. La législation relative aux hôpitaux, si nombreuse depuis 1707 jusqu'en 1788, est un témoignage du sincère désir qu'avait la monarchie de venir en aide à la partie souffrante de son armée ; mais tout ce qui, dans l'histoire de la chirurgie militaire, précède la Révolution française, n'est qu'une sorte de préparation à ce qui se fit en 1792. Alors seulement, quand la conscription passait son niveau sur toutes les têtes, chaque soldat eut en perspective, dans la bonne fortune les insignes du commandement, et dans la mauvaise, l'assistance fraternelle du chirurgien militaire.

Ce fut de l'enthousiasme des premières campagnes de la Révolution, de cet enthousiasme où la philanthropie et l'ardeur guerrière se mêlaient d'une manière incomparable, que sortit la chirurgie militaire. Larrey en fut le véritable créateur, ou du moins il lui fit faire de rapides et incontestables progrès ; il fit plus, il lui imprima à son image ce caractère d'humanité infatigable, de dévouement absolu qui n'ont pas cessé de la distinguer. Larrey fit mieux que constituer la chose, il créa l'homme, cet homme que nous avons vu aux bivouacs de l'Afrique, aux champs désolés de la Dobrutcha, aux tranchées de Sébastopol, à l'assaut de Malakoff, en Italie, en Chine, en Syrie, partout où combattaient les soldats de la France !

Dès le commencement de 1792, l'Assemblée législative décréta d'urgence une loi sur le service des hôpitaux. Le conseil de santé commença à fonctionner avec le conseil de la guerre et la direction des hôpitaux. On vit accourir aux armées pour le service de santé des membres de l'ancienne académie de chirurgie, des chirurgiens des régiments détruits, de jeunes étudiants, enfin des hommes qui se destinaient à l'église, et dont la Révolution fermait les asiles. Un esprit nouveau, actif, énergique, anima la chirurgie militaire. Elle eut l'enthousiasme du volontaire, son abnégation sublime, et, en même temps, elle conserva la philosophie des écoles unie aux calmes méditations du cloître.

La mort décima les premiers venus. Au mois d'aout 1793, la Convention nationale décréta la réquisition de tous les officiers de santé, médecins, chirurgiens et pharmaciens, depuis l'âge de dix-huit ans jusqu'à celui de quarante. Sept jours après, la Convention décréta l'organisation du service de santé, par une loi qui définit et trace les devoirs des chirurgiens militaires. Le 21 février

1794 parut un nouveau décret encore plus complet.

En arrivant en foule sous les drapeaux, les médecins, chirurgiens et pharmaciens de France, les uns, presque enfants, les autres aux portes de la vieillesse, apportaient avec eux le génie de leurs provinces, l'enseignement des écoles diverses et les sentiments de la nation tout entière. Il s'établit une fusion sympathique entre ces éléments divers. Tout ce que renfermait le pays de dévouement à la science et à l'humanité, d'idées généreuses et progressives, vint se confondre sous les drapeaux et former notre chirurgie militaire. Le hasard des révolutions mit en contact, dans un milieu brûlant et pour une mission sainte, une classe d'hommes préparés par l'étude, et qui se trempa vigoureusement au sein des épidémies et des batailles. L'âme de la chirurgie militaire moderne sortit de cet ardent foyer.

De nouvelles méthodes chirurgicales prirent naissance. On se souvint du mot d'un chirurgien du XVIe siècle, de ce Guillemeau si plein d'esprit : « Il faut saisir le moment où le blessé a le cœur encore gonflé d'honneur. » On opéra donc sous le feu de l'ennemi. Larrey parut alors. Il personnifia la nouvelle institution et l'anima de sa pensée ; il l'ennoblit par ses vertus. Avant lui, la place faite à la chirurgie militaire en France, aussi bien que dans les armées européennes, était obscure, étroite et sans issue. Désormais, le service de santé fut à la hauteur des grands services publics, il s'éleva aux premiers échelons de la hiérarchie militaire, et du sein des académies sa voix se fit entendre avec une autorité incontestable. Les arts eux-mêmes ont consacré ses glorieux bienfaits. Nous nous arrêtons au Musée devant le tableau de la bataille d'Eylau, où le pinceau de Gros nous montre les chirurgiens pansant les blessés russes en même temps que les blessés français. La sculpture, comme la peinture, a représenté cette mission nouvelle du chirurgien militaire. La postérité, en considérant nos bas-reliefs, n'y verra plus, comme sur les monuments de la Rome païenne, le Germain, le Parthe ou le Dace enchaînés par le soldat vainqueur ; elle y verra la charité chrétienne s'exerçant par la main du chirurgien d'armée.

IV

Napoléon était sur le trône, et la paix d'Amiens venait d'être rompue. L'armée se réunit au camp de Boulogne où Larrey établit son ambulance volante. Il y mit une telle activité que l'Empereur lui dit : « Larrey, vous avez failli être prêt avant moi. » Mais ce ne fut pas contre l'Angleterre que nos soldats exercèrent leur courage, ils allèrent loin de nos frontières, combattre les Autrichiens et les Russes. Austerlitz est une glorieuse journée pour la chirurgie militaire. Les opérations furent pratiquées sous le feu de l'ennemi. La journée entière se passa, et la nuit suivante encore sans qu'un seul officier de santé pût prendre un instant de repos. Bientôt après, le typhus se déclara dans la ville de Brünn parmi les blessés. Il en mourait un quart. Evacués sur d'autres hôpitaux, ces malheureux y répandirent le fléau. Larrey eut à cette occasion une importante mission, qui le ramena à Paris ; ce fut pour peu de temps. Nous le retrouvons quelques mois plus tard sur un nouveau champ de bataille, à Iéna. Conduit à Berlin par son service, il s'y lia d'une étroite amitié avec Alexandre de Humboldt ; de Berlin il partit pour Varsovie.

Le jour de la bataille d'Eylau, l'Empereur, parcourant le terrain de l'action, aperçut à travers la brume le chirurgien en chef de la garde, les pieds dans la neige, la tête nue, pansant les soldats, sans souci des balles et des boulets. Le lendemain, passant près de l'ambulance, il retrouva Larrey qui depuis vingt-quatre heures ne cessait de prodiguer ses soins. L'Empereur le nomma à l'instant même commandeur de la Légion d'honneur.

Le 14 juin 1807, Larrey, à la bataille de Friedland, pansait les Russes et les Français. On lui apporta un moribond dépouillé de ses vêtements. C'était un jeune officier russe, qui depuis devint un personnage éminent. Longtemps après, cet officier écrivait à un Français : « Je ne pourrai jamais dire trop de bien de Larrey, car je lui dois doublement la vie. Grièvement blessé par un coup de feu à la bataille de Friedland, je fus laissé pour mort et dépouillé. Tombé en votre pouvoir, et ayant repris connaissance, je fus relevé et conduit à l'ambulance. Là, non-seulement M. Larrey me prodigua ses bons soins, mais encore, s'apitoyant sur mon état de nudité, car je n'avais plus même de chemise, il fit apporter ses effets, et n'eut pas de peine à me faire accepter le linge dont j'avais besoin, tant il mit d'empressement et de générosité à me l'offrir. »

Ce trait est venu jusqu'à nous. Mais combien d'autres parmi les blessés ont emporté le souvenir à jamais perdu d'actes aussi généreux! Les professeurs de l'école de médecine d'Iéna voulurent donner à Larrey un témoignage d'estime et de sympathie, en exprimant le désir de conserver son nom à l'université. Notre chirurgien en chef se fit donc recevoir docteur en médecine à l'université d'Iéna. Ce titre lui fut toujours extrêmement précieux.

En 1808, Larrey était en Espagne avec l'armée française, établissant à Madrid des hôpitaux et une école de médecine. Lors de l'insurrection du 2 mai, les chirurgiens défendirent leurs malades les armes à la main. Parmi ces officiers de santé qui combattaient à ses côtés, nous citerons Frizac et Talabère, qui peu de jours après furent emportés par une épidémie. Nommé par intérim chirurgien en chef de l'armée, Larrey vit que les cacolets de l'Égypte et les voitures d'ambulance de l'Allemagne ne répondaient pas toujours aux besoins de l'armée d'Espagne. Le genre de guerre et la nature du sol inspirèrent au chirurgien en chef l'idée d'un nouveau système : des mulets portaient le matériel sur des bâts, tandis que les malades étaient couchés dans les petits chars de Biscaye qui franchissent tous les obstacles.

La santé du docteur Larrey était profondément altérée, et ce ne fut pas sans de grands efforts de volonté qu'il put opérer sur le champ de bataille de Valladolid. Une fièvre typhoïde contagieuse s'étant déclarée parmi les blessés anglais, Larrey, qui les soignait, fut atteint violemment. Il ne voulait cependant pas abandonner son service, mais à Burgos le délire s'empara de lui. Transporté à Paris presque mourant, il revint à la santé, grâce à sa constitution vigoureuse et à son énergie morale.

Au mois d'avril 1809, il alla rejoindre l'Empereur sous les murs de Vienne. Peu après eut lieu la bataille d'Essling. Larrey avait établi l'une de ses ambulances à l'entrée d'un bois, sur la rive gauche du Danube. On vint l'appeler en toute hâte. Le duc de Montebello, atteint par un boulet, réclamait les soins de son fidèle compagnon d'Égypte et de Syrie. Le chirurgien en chef pratiqua l'amputation de l'une des deux jambes mutilées, mais le mal était sans remède. L'Empereur accourut près du mourant, et Larrey fut témoin de leurs adieux consacrés par l'histoire.

C'est dans l'île de Lobau que, manquant de bouillon pour ses malades, Larrey fit abattre ses propres chevaux ; les marmites faisaient défaut, les cuirasses en tinrent lieu ; le sel manquait aussi, Larrey fit assaisonner le bouillon avec de la poudre à canon. Ce régime dura trois jours, et le maréchal Masséna eut les honneurs de la première tasse, sans se douter de la recette.

Pariset a prononcé l'éloge de Larrey à l'Académie de médecine. L'Académie des sciences, par l'organe du savant Breschet, a jugé aussi l'homme de science. Enfin l'inspecteur Moizin, au nom du conseil de santé des armées, a dit ce qu'était le médecin Larrey. A ces voix si autorisées, une foule de célébrités médicales ont mêlé leurs voix, et de ce concert unanime est sortie la consécration des titres du docteur Larrey. Ses œuvres écrites témoignent d'ailleurs de son savoir et tiennent une belle place parmi les ouvrages de ce genre. Nous, soldat de l'armée d'aujourd'hui, nous ne voulons ici qu'exprimer la reconnaissance des armées d'autrefois pour le chirurgien Larrey.

Larrey professait un cours de chirurgie militaire dans la capitale de l'Autriche, et dirigeait en même temps le grand hôpital de l'Académie Joséphine. Il quittait un jour ses blessés lorsqu'un parchemin lui fut remis : Napoléon le nommait « baron de l'Empire, » avec dotation annuelle de 5,000 fr. Ce parchemin anoblissait toute la chirurgie militaire ; couvert de la poudre des batailles, qui vaudra toujours bien la poussière du temps, il avait traversé Austerlitz, Eylau, Friedland et Wagram ; la victoire projetait sur ce titre nobiliaire le même éclat que la noblesse d'autrefois allait bravement demander aux mousquetades d'Arques ou d'Ivry, aux charges de Rocroy. Rien n'était donc changé dans les traditions françaises ; de nouveaux noms s'élevaient pour remplacer ceux qui se laissaient tomber.

Au commencement de 1812, le baron Larrey était occupé à d'importantes publications scientifiques lorsqu'il fut nommé chirurgien en chef de la Grande Armée. Napoléon allait commencer la campagne de Russie. De concert avec le médecin en chef Desgenettes, Larrey prit les mesures nécessaires pour l'établissement d'un service de santé approprié à cette immense expédition. L'armée se mit en marche. A Witepsk, le linge manquait déjà aux ambulances, Larrey sacrifia le sien. A Smolensk, il eut six mille blessés, et la charpie manquait ; on dut employer l'étoupe de coton de bouleau ; le papier des archives de la ville remplaça le linge. Dix mille blessés encombrèrent bientôt les ambulances, et le chirurgien en chef fut obligé de laisser à Smolensk tous les officiers de santé de la réserve et cinq divisions d'ambulances légères. A notre approche, l'incendie dévorait les villes ; les ressources disparaissaient et les malades augmentaient. Larrey mesurait d'un œil calme, mais non sans une profonde émotion intérieure, l'avenir de cette belle armée.

Le 5 septembre 1812, il donnait aux chirurgiens réunis autour de lui des instructions et des ordres qui faisaient prévoir une grande bataille. On était en effet à la veille d'une des plus meurtrières actions qui aient ensanglanté la terre. Le soir de la bataille de la Moskowa (7 septembre), il y avait de notre côté quarante généraux tués ou blessés, vingt mille hommes hors de combat et neuf mille tués. Soixante mille Russes étaient à terre ; beaucoup d'entre eux furent apportés à nos ambulances. Larrey n'avait avec lui que trente-six chirurgiens. Le ciel était sombre, l'air froid, humide ; courbés sur la paille où étaient étendus les blessés, accablés de fatigue, les mains engourdies, nos chirurgiens, entourés de cette foule sanglante, accomplissaient en silence leurs devoirs. Lorsque l'armée s'éloigna de ce lieu funèbre pour continuer sa marche sur Moscou, celui que M. Thiers appelle à bon droit un véritable héros d'humanité, resta là où ses soins étaient le plus utiles. « Le bienfaiteur de tous ceux qui souffraient, l'illustre Larrey, voulut rester à Kolotskoï avec la majeure partie des chirurgiens de l'armée. Trois jours entiers devaient à peine suffire pour appliquer le premier pansement sur toutes les blessures, et par un temps déjà froid et humide, et surtout la nuit, un grand nombre de blessés étaient réduits à attendre les secours de l'art, couchés en plein air sur la paille. » C'est dans les *Mémoires* mêmes de Larrey qu'il faut chercher les détails de ces grandes immolations d'hommes ; son tableau sincère de désastres inouïs est un des plus précieux documents historiques qui existent.

On s'est demandé souvent s'il y avait possibilité de faire prendre à l'armée française ses quartiers d'hiver à Moscou. M. Thiers pose aussi cette importante question et dit : « Le docteur Larrey, l'un des témoins les mieux informés de cette situation, croyait qu'on pouvait vivre six mois sur les provisions trouvées à Moscou. » Malheureusement, on ne tint pas compte de son opinion, et bientôt commença une retraite à jamais fameuse. L'armée repassa sur le champ de bataille de la Moskowa ; Larrey l'y avait devancée. Laissons encore parler ici l'historien de l'Empire : « Le chirurgien Larrey, dans sa bonté inépuisable, était accouru à l'avance pour donner aux blessés de Kolotskoï les soins qu'un séjour rapide lui permettait de leur consacrer ; il fit enlever ceux qui étaient transportables, prodigua aux autres les dernières ressources de son art, et, trouvant là des officiers russes qui lui devaient la vie et qui lui en témoignaient leur gratitude, il en exigea pour unique récompense leur parole d'honneur que, libres et maîtres sous quelques heures de leurs compagnons d'infortune, ils leur rendraient le bien qu'ils avaient reçu du chirurgien en chef de l'armée française ; tous le promirent, et Dieu seul a pu savoir s'ils payèrent cette dette contractée envers le meilleur des hommes ! »

Napoléon était entré à Moscou avec quatre-vingt-dix mille combattants et vingt mille malades ou blessés. La chirurgie militaire accomplit de tels prodiges qu'au départ notre armée comptait plus de cent mille hommes valides et ne laissait que douze cents malades. Mais les ambulances ne tardèrent pas à se remplir. Au début, le combat entre le prince Eugène et Kutusof amena deux mille blessés ; à Wiasma, il y en eut encore quatre mille. L'ordre cessait de régner parmi les troupes exposées aux rigueurs d'un hiver précoce. Le 6 novembre, la neige tombait épaisse, lourde, enveloppant l'homme d'un manteau glacial et voilant l'horizon. Les meilleurs soldats pouvaient à peine avancer ; cependant la plupart conservaient leurs armes. La faim se fit sentir. Les cris lamentables de ceux qui s'égaraient dans cette sorte d'obscurité se mêlaient aux cris sinistres des Cosaques qui, de la lisière des bois, épiaient notre marche. De noirs sapins indiquaient seuls la route, et près de chacun un soldat s'appuyait, soit pour mourir, soit pour faire feu sur l'ennemi.

L'ambulance marchait au centre de cette colonne, entourée des chirurgiens qui, soutenus par l'attitude mâle du baron Larrey, prodiguaient leurs soins aux malades et aux blessés. Les cent mille hommes valides au départ de Moscou étaient réduits à trente-six mille le 14 novembre, en quittant Smolensk. Ces trente-six mille hommes traînaient cent cinquante pièces de canon, et chaque drapeau était entouré d'un groupe de braves qui représentaient le régiment.

De toutes parts on appelait Larrey, qui marchait à pied. Il allait de l'un à l'autre, soutenant ceux qui chancelaient, relevant de leurs chutes ceux qui tombaient, soulageant les douleurs, pansant les blessures, encourageant de la voix, donnant à tous de bonnes paroles, de bons conseils, distribuant le peu qu'il avait, partageant son morceau de pain, portant sa gourde aux lèvres des mourants, courant à l'arrière-garde presser la marche des traînards. On le voyait partout, la nuit aussi bien que le jour, errant autour de ces pauvres soldats, remontant le moral par une énergie surhumaine, prodiguant enfin, non plus les secours de l'art, hélas ! ils étaient impuisants, mais les soins divins de la charité chrétienne.

Dans cette terrible retraite de Russie, quatre figures se détachent bien belles et bien pures : le prince Eugène, le maréchal Ney, le docteur Larrey et le général Éblé. Ce dernier mourut à la peine. Cet héroïsme et ce dévouement ne pouvaient rien pour le salut de l'armée ; ils sauvèrent au moins sa gloire.

Cinquante mille hommes, des femmes et même des enfants, les uns enveloppés de fourrures informes et maculées, les autres à peine couverts de lambeaux, atteignirent les bords de la Bérésina. Cette foule en délire, sillonnée par les boulets russes, se précipitait vers les ponts, jetés à la hâte sur la rivière à demi glacée. Larrey avait traversé la Bérésina avec les débris de la garde impériale, il était sauvé ; mais, parvenu sur la rive droite, le chirurgien en chef s'aperçoit avec douleur que les caisses d'instruments de chirurgie, indispensables aux blessés, sont restées à l'autre bord ; il y veut retourner. Vainement ses amis cherchent à le retenir, Larrey s'échappe de leurs bras et se précipite sur le pont. Comment parvint-il à le franchir? Lui-même ne le put jamais dire. Le retour était devenu impossible. Le pont, brisé pour la seconde fois, arrêtait la foule de plus en plus surexcitée et qui renversait tout sur son passage. Les braves pontonniers parvinrent cependant à rétablir le pont ; Larrey tentait vainement de s'en approcher ; plusieurs fois repoussé, il allait certainement payer de sa vie son noble dévouement : des soldats le reconnurent au moment où ses forces l'abandonnaient ; ils l'enlevèrent dans leurs bras, et, se frayant un passage à travers la foule, le déposèrent sur la rive qui conduisait à la patrie.

Le 7 décembre, le thermomètre que Larrey, pendant toute la campagne, porta à la boutonnière de son habit, marquait 27 degrés ; à Miedneski, il eut 28 degrés. Les hommes qui survivaient ressemblaient à des spectres. Larrey allait mourir lui-même lorsque, le 9 décembre, il atteignit Wilna. Mais là encore les débris de l'armée française ne trouvèrent pas le repos qui leur aurait été si nécessaire ; assaillis par les Russes, ils poursuivirent leur triste marche vers les frontières de la Pologne. Enfin, on arriva à Kœnigsberg ; on fut pour quelques jours débarrassé de l'ennemi, mais on eut affaire à un autre danger non moins redoutable. « Il y avait à Kœnigsberg environ dix mille individus dans les hôpitaux, dont un petit nombre blessés et la plupart malades. Parmi ces derniers, les uns avaient des membres gelés, les autres étaient atteints d'une espèce de peste que les médecins appelaient fièvre de congélation, et qui était horriblement contagieuse. L'héroïque Larrey, quoique épuisé de fatigue et de souffrance, était accouru à ces hôpitaux pour y soigner nos malades, et il y gagna cette contagion funeste dont il faillit mourir. L'héroïsme, de quelque genre qu'il soit, est la consolation des grands désastres ; cette consolation nous fut accordée tout entière, elle égala la grandeur de nos malheurs (1). »

Après avoir montré Larrey égal, supérieur à lui-même, au milieu de désastres qui brisaient les plus fermes courages, nous ne le suivrons pas dans les campagnes de 1813 et 1814 ; il y fut ce qu'il était toujours, héroïque, infatigable ! Nous ne citerons de cette époque de sa vie qu'un trait qui lui fait infiniment d'honneur, et qui caractérise l'homme encore plus que le chirurgien.

Nos soldats de Lutzen et de Bautzen, ceux qui enlevaient les hauteurs de Wurschen, étaient de

---

(1) Thiers, *Histoire du Consulat et de l'Empire.*

jeunes conscrits qui voyaient le feu pour la première fois. Après chaque affaire, un grand nombre de ces enfants avaient les mains mutilées ; on dit à l'Empereur que ces blessures étaient volontaires. Dans les campagnes précédentes, rien de semblable ne s'était présenté ; Napoléon en fut profondément ému. Indigné d'abord, puis inquiet, il exprima ses sentiments avec une telle énergie que nul n'osa contredire. L'Empereur voulait des exemples sévères, parce qu'il y allait, disait-il, du salut de la France, de l'honneur de la nation. Bientôt, chacun répéta qu'un homme sur vingt serait passé par les armes ; une sorte de terreur régna dans les ambulances. Larrey, qui avait observé très-attentivement beaucoup de ces blessures, déclara qu'elles n'étaient pas volontaires ; il le dit hautement à l'Empereur en demandant une enquête. « Allez, Monsieur, s'écria Napoléon, vous me ferez vos observations officiellement, allez remplir votre devoir. » L'enquête était accordée.

Par ordre de l'Empereur, tous les soldats blessés aux mains furent réunis au nombre de deux mille six cent trente-deux dans les bâtiments de la douane, à un kilomètre de Bautzen. L'enquête se fit avec la plus grande attention, en présence de cinq chirurgiens, d'un officier supérieur et d'un capitaine de gendarmerie délégué par le grand prévôt. Cette enquête dura plusieurs jours, et les blessés furent examinés homme par homme. Pour chacun d'eux un procès-verbal fut établi, indiquant les circonstances de la blessure et faisant connaître les témoins, dont beaucoup étaient de vieux sous-officiers éprouvés dans cent combats. Larrey étudiait le caractère de chaque plaie, faisait placer le soldat dans la position où il se trouvait au moment où il avait été atteint. Le bon, le digne chirurgien prouva que tous ces braves gens avaient été blessés par l'ennemi, en se battant tous avec courage, quelques-uns avec héroïsme. Le procès-verbal constatait que ces jeunes soldats, étrangers au maniement des armes, étaient parfois atteints aux doigts de la main, dans le feu de deux rangs, par les camarades placés derrière eux et qui mettaient le haut du corps en arrière au lieu de l'avancer. Les militaires savent combien ce mouvement est naturel aux jeunes soldats. Larrey prouva que, souvent aussi, ces intrépides jeunes gens, escaladant les collines, courant sur l'ennemi comme à Lutzen et Wurschen, tenaient leurs armes devant leur figure et leur poitrine, et recevaient les balles dans les mains et plus particulièrement aux premières phalanges des doigts : c'était un mouvement instinctif qui leur faisait porter les mains en avant.

L'enquête terminée, Larrey se rendit auprès de l'Empereur. « Eh bien, monsieur, lui dit Napoléon d'une voix irritée, persistez-vous toujours dans votre opinion ? — Je fais plus, sire, je viens le prouver à Votre Majesté ; cette brave jeunesse était indignement calomniée ; je viens de passer beaucoup de temps sous les yeux de la commission d'enquête à l'examen le plus rigoureux, et je n'ai pas trouvé un coupable. Il n'y a pas un seul de ces blessés qui n'ait son procès-verbal individuel ; de nombreuses liasses me suivent, Votre Majesté peut en ordonner l'examen. — C'est bien, monsieur, dit l'Empereur, je vais m'en occuper. »

Un demi-siècle s'est écoulé depuis ces événements, et la vérité s'est fait jour. Parmi les grands, peut-être même à l'armée, il y avait des lassitudes et des défaillances. Fatigués de la guerre, certains hommes aspiraient au repos et aux jouissances de la fortune ; leur pensée refoulée se trahissait sous mille formes ; en cette circonstance, ils voulurent prouver à l'Empereur que la France entière avait épuisé son énergie, et que, lasse aussi de la guerre, elle la fuyait par tous les moyens possibles. On dit alors que les jeunes soldats, nouvellement venus des villages de France, se mutilaient volontairement pour rentrer au pays. L'âme de Napoléon se révolta à la seule pensée d'une telle calamité ; il vit l'Europe entière se réjouissant de la faiblesse de la France ; il vit le chemin de Paris ouvert aux colonnes ennemies ; il vit les fils des sublimes volontaires de 92 regardant sans honte et sans souci la marche victorieuse de ceux que leurs pères avaient chassés du sol de la patrie. Napoléon souffrit cruellement de cet acte honteux de désespoir ; mais comment douter d'un tel malheur ! on le disait autour de lui, on le répétait, on le soutenait, tout en le déplorant. L'Empereur le crut. Il accueillit même d'abord assez mal la seule voix qui s'éleva contre cette opinion ; mais Larrey ne s'était pas rebuté ; il avait obtenu une enquête, maintenant les résultats en étaient sous les yeux de l'Empereur.

Après avoir examiné les procès-verbaux et le long rapport rédigé par Larrey, Napoléon revint auprès du chirurgien en chef, qui attendait, en proie à une vive émotion intérieure, mais le visage calme. L'Empereur passa devant lui, la tête inclinée sur la poitrine et marchant à pas précipités ; il parcourut ainsi le salon pendant quelques instants le regard fixe, dominé sans doute par ses pensées. S'arrêtant ensuite brusquement en face de Larrey, il lui dit : « Adieu, monsieur Larrey; un souverain est bien heureux d'avoir auprès de lui un homme tel que vous ; on vous portera mes ordres ; attendez... » L'Empereur, qui, en prononçant les derniers mots, avait pris les mains de Larrey, embrassa le chirurgien en chef, puis il s'éloigna rapidement. Une heure après, le baron Larrey, rentré chez lui, recevait le portrait de l'Empereur enrichi de diamants, et le titre d'une pension sur l'État.

Le mot *vertu*, et mieux encore le mot latin *virtus*, peuvent seuls exprimer la conduite de Larrey en cette circonstance. Ce sont de ces traits qui se rappellent à l'occasion, mais qui ne se doivent jamais commenter : le cœur les apprécie, l'esprit ne saurait les embellir. Le grand chirurgien défendait l'honneur des armes, lui, homme de science. Ce serait le côté piquant de son action, s'il s'en pouvait trouver dans de si grandes choses. Sans l'intervention de Larrey, quelques malheureux soldats eussent été fusillés, c'eût été affreux ; mais ce qui était pire au point de vue historique, c'est que nous n'aurions pas eu la campagne de France, belle campagne s'il en fut, où le génie du capitaine et la bravoure du soldat se disputent l'admiration. Avec une armée sur laquelle il n'aurait pu compter, avec une armée qui se serait mutilée volontairement, jamais Napoléon n'eût osé entreprendre ces mouvements stratégiques où son génie sembla se surpasser.

Après avoir fait toute la campagne de France, Larrey vint se placer près de Napoléon à l'heure de l'abdication ; il exprima le désir d'accompagner dans l'exil celui qu'il avait si bien servi. « Vous appartenez à l'armée, lui dit l'Empereur, vous devez la suivre ; ce n'est pas sans regret que je me sépare de vous... »

Lorsque Napoléon revint de l'île d'Elbe, Larrey fut un des premiers qu'il manda aux Tuileries ; il lui donna de touchants témoignages d'estime et d'amitié, et alla jusqu'à exprimer au chirurgien en chef ses regrets de l'avoir laissé sans fortune. A Fleurus, Larrey amputa du bras droit le colonel Sourd, qui, pendant l'opération, dictait une lettre à l'Empereur pour demander à conserver son régiment, et qui, l'amputation terminée, remonta à cheval et se précipita au milieu des combattants.

Vers la fin de la bataille de Waterloo, les ambulances de Larrey furent chargées par la cavalerie ennemie ; tout se dispersa. Le chirurgien en chef se retira avec un faible détachement : la nuit était venue, il s'égara dans des chemins inconnus que battaient les partis ennemis. Rencontré par des lanciers prussiens, il fit prendre la charge à sa petite troupe, qui, à son exemple, refusa de se rendre. Le chirurgien a tiré ses deux coups de pistolet sur les lanciers, et son cheval, au galop, va le mettre à l'abri des armes blanches. Les cavaliers prussiens font feu, une balle atteint son cheval, qui, après quelques bonds, s'affaiblit et tombe. Le chirurgien en chef se relève, mais frappé de deux coups de sabre, il est renversé au milieu des morts. Son évanouissement fait penser aux Prussiens qu'il est tué comme les autres; la troupe s'éloigne. Larrey reprend peu à peu connaissance, se redresse, fait quelques pas, aperçoit son cheval, le remet sur ses jambes, le monte et repart à travers champs. Arrivé, non sans peine, aux bords de la Sambre, il est de nouveau chargé par les mêmes cavaliers prussiens qui, cette fois, le font prisonnier; désarmé, dépouillé de presque tous ses vêtements, de sa bourse, de quelques bijoux, précieux souvenirs de famille, il est emmené par les lanciers qui l'ont pris.

La taille du baron Larrey était à peu près celle de l'Empereur. Comme l'Empereur, il portait, ce jour-là, une capote grise. Tout en marchant, les Prussiens viennent à penser que leur prisonnier est

Napoléon lui-même ; ils le conduisent au général de l'avant-garde, qui, dans le doute, le fait amener à un autre général. L'erreur est reconnue, et les soldats, irrités de leur méprise et se souvenant que Larrey a déchargé deux coups de pistolet sur eux, le condamnent à être fusillé. Quelque extraordinaire que paraisse un tel fait, il s'est reproduit cent fois et plus à la suite de la bataille de Waterloo. Le général Duhesme a été ainsi assassiné. Nos aînés nous ont souvent fait le récit de ces meurtres inutiles, empreints d'un caractère de férocité inconnu aux batailles précédentes.

Lorsque Larrey dut être fusillé, le chirurgien-major d'un régiment prussien fut chargé de lui placer le bandeau sur les yeux. Il s'avance, un mouchoir à la main, s'arrête tout à coup et considère le visage du prisonnier ; il l'a reconnu, et demande instamment un sursis à l'exécution. Ce chirurgien prussien avait autrefois suivi, à Berlin, le cours de chirurgie militaire professé par le docteur Larrey. Le sursis accordé aux prières, aux supplications, aux menaces du chirurgien prussien, ne sauvait pas encore Larrey ; il fallait que la sentence fût rapportée par le grand prévôt des armées coalisées, le général prussien Bulow. Celui-ci, après avoir interrogé le baron Larrey, croit devoir soumettre la question au général en chef feld-maréchal Blücher. En d'autres temps, pendant la campagne d'Autriche, Larrey avait sauvé la vie au fils du feld-maréchal. Blücher ne l'a pas oublié ; il fait grâce au prisonnier, et lui fournit même une escorte commandée par l'un de ses aides de camp.

V

Les blessures de Larrey le retinrent à Bruxelles jusqu'au mois d'août 1815. L'empereur Alexandre, qui avait vu à Tilsitt notre chirurgien en chef, lui fit offrir une haute position dans son empire. Don Pedro, voulant créer à Rio-Janeire une école de chirurgie, proposa au docteur Larrey le grade de chirurgien en chef des armées de l'empire du Brésil ; les États-Unis de l'Amérique du Nord lui adressèrent d'instantes prières pour l'attirer dans leur sein avec une position fort élevée, qui assurait à Larrey une grande et rapide fortune. Il était loin de la richesse, et cependant il refusa tout ; il aimait trop la France pour l'abandonner, surtout dans ses malheurs.

La Restauration priva d'abord le chirurgien en chef de son titre d'inspecteur général et de la pension que l'Empereur lui avait donnée après Bautzen. Cette pension fut rétablie en 1818 par un vote unanime de la Chambre des députés. Plus tard, le roi Louis XVIII lui accorda le titre de chirurgien en chef de la garde royale. En 1829, l'Académie des sciences l'élut en remplacement de M. Pelletan. En 1826, des travaux scientifiques avaient appelé Larrey en Angleterre ; l'accueil qui lui fut fait dans toutes les classes de la société prouva que le souvenir des soins prodigués aux blessés de l'armée britannique n'était pas oublié.

Dans les journées de juillet 1830, Larrey soignait, à l'hôpital du Gros-Caillou, les blessés de la garde royale. L'émeute arriva, comme jadis elle était arrivée, en Égypte, à la révolte du Caire ; en Espagne, à l'insurrection de Madrid. Comme en Égypte et en Espagne, Larrey défendit ses malades. Mais, cette fois, les paroles énergiques, la voix de l'humanité, l'appel aux sentiments généreux suffirent pour éloigner le danger.

Le gouvernement de Juillet fit rentrer le baron Larrey au conseil de santé. Il organisa plus tard le service des ambulances de l'armée Belge, et fut nommé chirurgien en chef de l'hôtel des Invalides. Tous les jours, à quatre heures du matin, le docteur Larrey se levait pour travailler. A sept heures, il se rendait à l'hôpital. Cependant, malgré les occupations les plus sérieuses, le labeur le plus opiniâtre et une activité sans pareille, Larrey semblait dominé par une pensée. Ne pouvant revoir ici-bas l'Empereur, il voulait revoir la famille impériale. Il partit donc, en 1834, pour l'Italie. A Rome, il fut admis auprès de la vénérable mère de Napoléon. Madame Mère, âgée de quatre-vingt-huit ans, et devenue aveugle, reconnut la voix de Larrey. Elle se leva, ouvrit les bras et pressa sur son cœur celui que l'Empereur avait tant estimé. A Florence, Larrey revit le prince Louis, ancien roi de Hollande, et sa sœur Caroline, qui avait partagé avec Murat le trône de Naples. Il se rendit ensuite auprès de la comtesse de Survilliers et de la princesse Charlotte, sa fille. Il rapporta de ce pieux pèlerinage les plus douces consolations.

Il avait repris le cours de ses travaux à l'hôpital des Invalides, au conseil de santé et à l'Institut, lorsque le choléra vint épouvanter le midi de la France. Le ministre de la guerre confia au docteur Larrey l'importante mission d'aller étudier le fléau dans son foyer le plus ardent. Larrey partit le 21 juillet 1835, et parcourut successivement les villes de Marseille, d'Aix, d'Avignon, d'Arles, de Beaucaire, de Nîmes, de Montpellier, de Béziers, de Castelnaudary et de Toulouse, visitant les hôpitaux et les habitations des pauvres. Partout il lutta courageusement contre le mal, dirigea l'assistance médicale et calma les inquiétudes des populations. Ce voyage fut un véritable triomphe.

Tout Paris put considérer, dans la journée la plus froide de l'année 1840, le vieux chirurgien en chef de l'Empire suivant à pied, tête nue, revêtu de son uniforme de Wagram, les restes mortels de Napoléon Ier, de l'arc de triomphe à l'hôtel des Invalides. Nous avons vu alors des larmes tomber des yeux de Larrey, dont le peuple ému venait presser les mains. « Jamais, dit-il dans ses Mémoires, mon cœur, qui pour être vieux n'en est pas plus dur, ne fut plus agité, plus brisé par mes souvenirs. »

Le baron Larrey se distingua surtout par le caractère. Le caractère est rare, même en des temps comme les nôtres, où les facultés intellectuelles et le savoir se rencontrent si souvent. Depuis le XVIIe siècle, le niveau des caractères s'est abaissé. Faut-il en accuser les révolutions qui abattent les âmes, ou les civilisations qui les amollissent ? Il n'en est pas moins certain que le caractère est devenu tellement rare, qu'on ne comprend plus dans le monde ce qu'exprimait ce mot. On confond volontiers l'énergie avec le caractère. On pense souvent aussi que le caractère est une qualité quelquefois utile dans les sphères élevées de la politique ou du commandement, mais sans application sérieuse pour les relations ordinaires de la vie. On se trompe : émanation de la conscience humaine, le caractère est le don le plus sacré que Dieu nous ait fait ; il est le signe de la seule grandeur, de la seule force. Une vieille devise exprime l'idée du caractère : *Fais ce que dois, advienne que pourra.* Pour réaliser cette devise, le courage serait insuffisant, l'esprit ou le savoir le seraient encore plus. Seul, le caractère donne à l'homme le pouvoir de faire ce qu'il doit, sans tenir compte des circonstances contraires.

C'était là le trait le plus tranché de la figure de Larrey. Il était chirurgien, mais aussi bien eût-il été administrateur, homme de guerre, diplomate ou homme d'État, si sa vocation première et la situation de sa famille l'eussent placé dans une autre voie que celle de la médecine. Larrey devait, dans toute carrière, être un homme considérable, précisément par son caractère. Il fut considérable dans l'armée à d'autres titres que ceux du commandement. Mais les titres scientifiques de Larrey et ses services de guerre furent plus remarqués, depuis 1815, que son caractère si élevé, si pur et si ferme. Vainement, la chirurgie militaire répétait-elle que dans son sein se trouvait un homme célèbre par ses travaux et ses grands services ; nulle place ne se faisait pour Larrey hors des académies. On doit être étonné que les gouvernements qui ont succédé à l'Empire n'aient pas compris que ce chirurgien en chef, ce vétéran de l'armée d'Egypte, héros de la campagne de Russie, signalé entre tous par le testament de l'Empereur, était un héritage du passé grand et glorieux, et que la place de cet homme arrivé à la vieillesse était marquée par l'histoire même dans les grands corps de l'État. Nous ne pensons pas qu'il y ait eu en France, aux époques dont nous parlons, beaucoup de poëtes ou d'industriels qui eussent autant que Larrey des droits à la reconnaissance et à l'estime du pays.

Pas plus que le pouvoir, la presse n'eut souci de cet acte d'ingratitude. Si les amis du vieillard le déploraient en secret, lui n'en éprouva jamais la moindre émotion. Il trouvait sa récompense dans le bien qu'il avait fait, dans le bien qui lui restait à faire. Il vécut donc dans la demi-obscurité où on le laissait, et ne perdit pas en puériles récriminations un temps mieux employé au service public. Il allait modestement de l'hôpital à l'amphithéâtre, soignait ses malades, instruisait ses élèves, écrivait des livres, aimant la vie calme de la famille, pratiquant la vertu simplement, naïvement, et ne sortant de sa bonhomie habituelle que lorsqu'un événement faisait vibrer en lui la corde patriotique. De ce côté, il fut toujours jeune et même enthousiaste. Son existence des camps, si longue et si active, avait fortifié la trempe militaire qu'il tenait de la nature. Son attitude, sa parole, l'expression brève de sa pensée, et je ne sais quoi de carré dans les idées, faisaient voir tout d'abord qu'il était de la famille guerrière ; son front pensif et large, la gravité de sa physionomie, disaient aussi qu'il était homme de savoir et profond penseur. Une sorte de tristesse vague voilait parfois l'éclat du regard ; c'est qu'il avait vu tant souffrir et tant mourir, que l'empreinte mystérieuse de la douleur restait en lui ineffaçable.

Le baron Larrey avait atteint l'âge de soixante-seize ans, lorsqu'en 1842 il reçut du ministre de la guerre la mission de se rendre en Algérie pour y inspecter le service de santé et les hôpitaux militaires ; lui-même avait sollicité, de son vieux capitaine et ami, le maréchal Soult, ce pénible service, auquel son fils fut associé. Les chaleurs étaient excessives dans les provinces qu'allait parcourir Larrey. Il partit heureux, heureux comme si l'Orient de sa jeunesse allait reparaître à ses yeux.

Je vis le baron Larrey à Philippeville, à Stora, à Constantine. Pendant une splendide matinée d'Afrique, nous étions, au camp d'El-Arouch, quatorze officiers réunis autour du vieux chirurgien de l'Empire; il nous avait raconté la mort du duc de Montebello, la bataille de la Moskowa et ses quarante généraux tués ou blessés : « C'était le bon temps, » s'écria le capitaine Bessières, des turcos de Constantine. Le baron Larrey le regarda, un triste sourire sur les lèvres, puis nous enveloppant tous de ce même regard plus triste encore, il nous dit : « Le bon temps ! nous disions cela en Égypte au souvenir de l'Italie; nous le disions en Allemagne au souvenir de l'Égypte; nous le répétions en Espagne... Ne faites pas, mes amis, des vœux insensés ; votre métier est grave, considérez-le avec respect, ne craignez pas la mort, mais parlez d'elle sérieusement. » Une réponse un peu légère fit redresser la tête de Larrey, qui ajouta : « Vous êtes quatorze autour de moi, tous jeunes et pleins de vie... Eh bien, n'oubliez pas que l'âme seule est immortelle. »

Vingt années se sont passées, et des quatorze officiers réunis autour de Larrey, cinq ont succombé sur la terre d'Afrique, deux ont trouvé la mort sous les remparts de Sébastopol, et trois sont tombés sur les champs de bataille de l'Italie. Le camp d'El-Arouch était commandé par Peyssard, alors chef de bataillon, devenu depuis général de division et que nous avons perdu aussi. La principale garnison du camp, assis au dernier versant des montagnes de la Kabylie, se composait de *zéphirs*, soldats indisciplinés, ardents, qui, braves au feu, étaient, hors de là, impossibles à conduire par les moyens ordinaires : aussi avait-on adopté un système de répression que l'Athénien Dracon, de rigoureuse mémoire, eût envié à notre discipline exceptionnelle. C'étaient le silo et la crapaudine, sans compter le reste. Habitués que nous étions à ce régime tonique, nécessaire aux natures rebelles de ces temps et aux circonstances dans lesquelles nous nous trouvions, ces punitions n'avaient à nos yeux rien d'anormal et ne troublaient nullement le repos de nos consciences. Il faut même dire que zéphirs et turcos prenaient fort bien la chose, et que ces derniers préféraient les coups de bâton distribués en plein air à la servitude d'une salle de police. Quant au zéphir, il l'eût démolie d'un tour de main ou l'eût vendue à quelque colon, comme firent les zéphirs de Bougie.

Le soir, nous étions de nouveau groupés autour du baron Larrey, qui dans son inspection avait tout vu, tout compris. Son visage était douloureusement affecté ; dans ces cœurs endurcis, le bon, l'honnête chirurgien vit l'humanité tout entière. Il nous parla longtemps. Jamais les nobles pensées qu'il exprima en cette circonstance ne sortiront de notre souvenir. Ce fut une sorte de discours antique, d'une élévation, d'une pureté qui frappaient d'autant plus qu'elles venaient d'un homme qui, plus qu'aucun autre sur la terre, avait vu la douleur des corps déchirer les âmes. Il nous sembla, pendant quelques instants, dans l'obscurité du soir, que, transportés à l'école d'Athènes, nous entendions Socrate développer sa morale ; mais Larrey s'élevait au-dessus de l'antique philosophie en restant tout simplement chrétien. Socrate eût invoqué la justice humaine qui se discute, Larrey nous montra la charité divine, qui ne se discute pas. Parmi nous se trouvaient de vieux reîtres descendants du baron des Adrets, et qui gardèrent un respectueux silence. C'est que les paroles de ce bon vieillard sur les soldats étaient comme de lointains échos d'Égypte et de Russie, où il avait adouci tant de souffrances. La voix de Larrey avait une gravité religieuse, une autorité paternelle, quelque chose de sacré que je ne compris pas complétement alors. Tout en lui portait ce caractère mystérieux qu'imprime la mort.

En effet la mort était en lui ; le vieux serviteur n'avait pu résister à ce dernier service. Le 5 juillet, il s'embarquait pour revenir en France, souffrant mais toujours ferme. Le 24, il arrivait à Lyon dans un état désespéré, et le lendemain, 25, son fils, digne héritier de sa science et de son nom, lui fermait les yeux. Une lettre, venue de Paris à l'instant, annonçait à ce fils que sa mère mourait en même temps. Une heureuse union, qui avait duré près d'un demi-siècle, venait de se terminer. La vertu modeste du foyer et l'éclatante vertu de la science et de la guerre s'éteignaient à la fois, comme si Dieu eût voulu épargner à ces nobles vieillards la suprême douleur de la séparation.

Nous ne rappellerons pas les cérémonies qui présidèrent à l'inauguration de la statue du baron Larrey, dans la cour d'honneur du Val-de-Grâce, le 8 avril 1850. Cette cérémonie prit un caractère national lorsqu'après les discours des interprètes de la science et de l'armée, la voix du président de l'Assemblée législative fit entendre ces paroles, qui exprimaient la pensée de tous : « Larrey a bien mérité de l'armée, bien mérité de la science, bien mérité de la patrie. Je salue sa gloire ; il a bien mérité de l'humanité. »

Impr. de Cosse et J. Dumaine, rue Christine, 2.

www.ingramcontent.com/pod-product-compliance
Ingram Content Group UK Ltd.
Pitfield, Milton Keynes, MK11 3LW, UK
UKHW021011200726
13857UKWH00004B/1392